Originalcopyright 2021 © Sina Land
Covergestaltung: Sina Land
Zeichnungen: Sina Land
Fotos und Coverbild: Ingo Lenz
(ingo-lenz-fotografie.jimdosite.com)
Kaugummiautomat: Bild aus Pixabay
Illustration: Sina Land (sina-land.jimdofree.com)
Lektorat: Eingenlektorat
Korrektorat: Stefanie Brandt
(www.steffis-korrektorat.de)

1. Auflage Januar 2021

Herstellung und Verlag:
BoD – Books on Demand, Norderstedt
ISBN 978 375 2658958

WALUK

STRIPPENZIEHER

Drei Kaugummi Kurzgeschichten

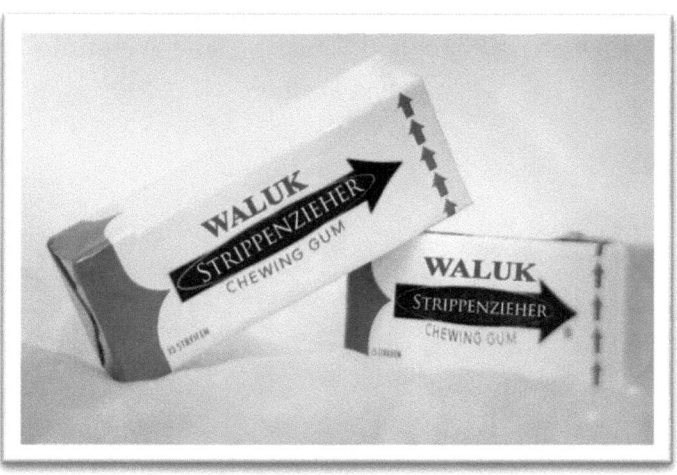

Kann ein einzelner Kaugummi unser Schicksal beeinflussen? In diesen Geschichten dreht sich alles um die kleinen Strippenzieher, die manchmal unsere Welt unbemerkt auf den Kopf stellen und dem Leben eine neue Abzweigung verpassen.

Widmung

Für alle, die gerne daran glauben, dass auch die
kleinsten Dinge dem Schicksal eine Wendung
geben können.

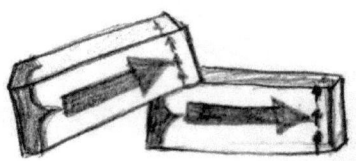

Ich wünsche euch,
allseits einen Kaugummi zur Hand,
um nicht zu vergessen, dass die Kleinigkeiten
oftmals das Größte sind.

Tausche Koffer

gegen Kaugummi

Ein Koffer voll Klamotten, für eine neue Chance

„Was soll das?", sagt Kai und kratzt sich an den Geheimratsecken, die er von seinem Vater geerbt hat. Er deutet auf die Reisetasche, die im Gang steht. Es ist die von Marion. Auf der Suche nach seiner Freundin ist er über sie gestolpert.

„Marion! Wo bist du?" Sein Ton wird härter. „Ich habe keine Lust auf Versteckspielchen. Jetzt komm schon her. Ich will dir etwas zeigen." Er wedelt mit seinem Zettel, in der Hoffnung, dass dieser sie aus ihrem Versteck hervorlockt und sie gleich hinter der Tür hervorspringt.

„Mensch, jetzt lass mich nicht so hängen. Freu mich doch so darauf, dir die frohe Botschaft zu überbringen." Er steigt über ihre Tasche und schaut ins Wohnzimmer. Sein Blick scannt jede Ecke ab, bei der es einen Spalt gibt, in dem sie sich versteckt haben könnte. Genervt lässt er den Zettel sinken.

„Gut, dann erzähle ich es eben der Wand. Die freut sich bestimmt mit mir, wenn du Verstecken spielen musst." Er grinst übers ganze Gesicht. „Also ..." Sein Ton wirkt fast theatralisch. Er baut sich vor dem Wohnzimmertisch auf. „Tatatata ... Ich habe die Beförderung bekommen." Enthusiastisch reißt er die Arme auseinander und hofft, dass sie sich jeden Moment mit Tränen in den Augen bei ihm fallen lässt. Er überprüft seinen Stand und spannt die Muskeln an, um sie aufzufangen.

Doch es passiert nichts. Nicht einmal ein Piepsen ist zu vernehmen. Wo zum Kuckuck ist sie? Enttäuscht lässt er die Arme sinken und schleicht ins Bad, sieht sich um, schaut in die Dusche. Im Begriff die Tür hinter sich zu verschließen, stoppt er. Wo ist ihre Zahnbürste? Und die Cremedose? Bis in die Haarspitzen angespannt, reißt er die Tür erneut auf. Tatsächlich! Seine Wahrnehmung hat ihn nicht getäuscht. Auf ihrer Seite des Spiegelschrankes sind die Fächer leer. Sein Mund ist trocken und er schluckt hart. Was hat sie vor? In Windeseile überfliegt er das gestrige Gespräch. Okay, Marion war nicht unbedingt bester Laune. In die Kategorie „Aufgebracht" würde er ihre Stimmung einsortieren. Wobei sie ihm an den Kopf geworfen hat, dass er unaufmerksam sei. Also eher der Aktenordner „Du bist unmöglich". Angestrengt kramt er in seiner Erinnerung, was genau sie ihm vorgeworfen hat. „Shit", schimpft er mit sich, weil eine Nebelwand über den Bildern wabert. Seine Gedanken kreisten gestern zu extrem um das neue Projekt, bei dem er ab morgen die Leitung übernimmt. Dass er aufgeregt seiner Beförderung entgegengefiebert hat, wird sie ihm doch nicht verdenken, oder? Nein, diesen Vorwurf lässt er als Argument nicht gelten. Aber was war es dann? So sehr er auch in seiner Erinnerung herumkramt, es formieren sich nicht die Worte, die sie ihm an den Kopf geworfen hat. Einzig ihr zorniger Ausdruck, kommt ihm in den Sinn. Ein Lächeln huscht über sein Gesicht. Er liebt ihre zuckenden Augenwinkel, wenn sie in Rage ist. Hat sie sich nicht ernstgenommen gefühlt, als er sie anlächelte? War sie deshalb so aufgebracht? Die Akte Henne? Oder doch der Ordner das Ei? War sie erst wütend? Oder erst dann, als er über ihre entzückenden Fältchen an den Augen gelächelt hat?

Kopfschüttelnd schließt er die Badezimmertür und betritt das Schlafzimmer. Ihm wird heiß und kleine Schweißperlen bilden sich auf der Stirn. Der Schlafanzug ist weg. Es liegt nur die Pyjamahose auf seinem Kopfkissen. Das Kissen, auf der anderen Seite ist leer. Ungläubig starrt er auf die Beule, wo das Pyjamaoberteil gelegen hat, das Marion in der Nacht trägt. Sie haben sich stets einen Pyjama geteilt. Die Hose war für ihn, das Hemd für sie. Was zum Kuckuck, ist hier los?

Fiebrig schaut er in den Schrank. Ihre Seite ist leer! Deshalb die Reisetasche? Aber wo ist der Rest? Im Laufschritt hastet er in die Küche, die Schranktüren bleiben offenstehen. Dort stoppt er sich und starrt auf den Esstisch. Keine Teller, keine Kerze, kein duftendes Abendessen ... nur ein Zettel, wo sonst ein liebevolles Arrangement auf ihn wartet. Sofort erkennt er die Handschrift von Marion. Sie sieht fahriger aus, wie normal. Wie wenn sie die Zeilen hektisch hingekritzelt hätte. Mit zitternden Händen greift er nach dem Brief, sinkt auf dem Stuhl zusammen und liest.

Brief von Monika

„Lieber Kai,

du kannst mich in deinem Aktenordner – Erledigtes – ablegen. Konzentriere du dich auf deine Arbeit, für mich bleibt da keine Zeit. Ich konzentriere mich auf eine eigene Wohnung, damit komme ich besser zurecht, als mit einem Freund, der zwar körperlich anwesend ist, gedanklich mich jedoch kaum registriert. Ich finde es mehr als schade, dass ich mit dir gestern nicht darüber reden konnte, was mir auf der Seele brannte. Wo sind nur unsere tiefsinnigen Gespräche abgeblieben? Egal. Über mich haben wir schon ewig nicht mehr gesprochen. Deshalb habe ich meine Sachen gepackt. Mit der Tasche, die im Hausgang steht, kannst du machen, was du willst. Darin sind all die Dinge, die ich dir geschenkt habe. Wirf sie weg, oder behalte sie. Es ist mir egal.

Tschau, Moni"

Ein Kaugummi,

um deine Welt zu retten

„Mann Vatter, was soll denn das?" Kai war kurz davor seinem Herrn Papa einen Vogel zu zeigen, er hielt sich aber tunlichst zurück. „Du weißt doch genau, dass ich Kaugummis hasse. Schon als Kind hast du mir diese Abneigung nicht zugestanden. Nur zu deiner Information, ich habe nicht vor dies vor meinem vierzigsten abzulegen. Danach ebenso wenig."

Oskar schaut gen Himmel. „Kai, Robert, Harald Ruderstätt ... du bist ein alter Sturkopf."

„Hör auf mich mit meinem ganzen Namen anzureden. Schlimm genug, dass euch ein Vorname nicht gereicht hat. Und überhaupt ...

warum bin ich stur? Du redest doch von dir selbst."

Mit einem tiefen Atemzug setzt sein Vater neu an. „Dann nenn mich nicht Vatter. Ein T, keine zwei." Mit stoischer Geduld hält er ihm ein Päckchen Kaugummi unter die Nase. „Und jetzt nimm schon, du ungläubiger Thomas. Du sollst sie ja gar nicht essen. Nur verschenken. Dann wirst du ja sehen, wie das mit dem Schicksal ist. Komm heraus aus deiner Höhle des Selbstmitleids. Seit Wochen hängst du nur noch in deiner Wohnung herum und brühtest darüber, wie Monika dir es antun konnte, auszuziehen. Wenn du nicht deinen Job hättest, dann würdest du nur noch in deinen vier Wänden herumsitzen. Höchste Zeit, dass du dein Hinterteil hochbekommst und dein Leben neu sortierst."

Kai öffnet den Mund, um zu widersprechen, aber er kommt nicht dazu.

„Spar dir die Luft. Auch wenn du auf mich nicht hören willst. Hast immer deine eigene Meinung." Er macht eine wegwerfende Handbewegung. „Aber das kenne ich schon, seit ich dir die Windeln gewechselt habe. Wehe, es war nicht die mit den Elefanten. Dann war das Geschrei groß. Du hast dich also nicht verändert. Heute noch willst du ..."

„Vatter", unterbricht er sein Ausholen in die Kindheitsdramen. „Beschwör nicht herauf, dass ich dir von deinem letzten Autoausflug erzähle. Sonst müsste ich dich jetzt prompt an den Hydranten erinnern, den du niedergefahren hast."

„Lass stecken. Was ist denn so schlimm daran, ein paar Kaugummis zu verschenken, um zu sehen, was passiert. Lass dich doch mal auf was Ungeplantes ein. Und lass dich überraschen."

„Ich verschenk doch keine Marke Waluk. Wir haben sie in der Schule Plombenzieher genannt. Also zumindest die anderen. Ich habe mich ja geweigert. Hab keinen gekaut. Nur den anderen einen mitgebracht und ..."

Oskar hebt die Hand. „Ja, ja, ich weiß." Er seufzt. „Sturer Bock!"

„Und überhaupt. Was soll denn passieren, wenn ich einen verschenke? Der Beschenkte wird ihn auspacken, das Papier wegwerfen, den Inhalt in seinen Mund stecken und darauf herumkauen. Im schlimmsten Fall schmatzt er dabei. Vielleicht formt einer der Kinder eine Blase daraus. Das war es aber auch schon."

„Denkst du! Genau um das geht es doch! Stell dir vor, dass etwas völlig anderes passiert. Nichts so Profundes, sondern irgendetwas Essentielles, wovon das Leben abhängt."

„Du schaust zu viele Reality-Sendungen. Was soll das denn bitte sein? Ein Kaugummi ist zum Essen und bestenfalls danach zum Wegwerfen da."

„Und was, wenn du nur noch nicht in die Tiefe gesehen hast?"

„Papa, du spinnst. Was um alles in der Welt, gibt es dort zu sehen? Ich habe nicht vor bei einer Kaugummi-Verwesung zuzusehen. Das dauert Jahre. Die Zeit habe ich nicht. Du vielleicht, aber ich definitiv nicht!"

Mit einem Blick, der scharf ist, wie eine Messerklinge, dreht Oskar sich von seinem Sohn weg, macht einen Schritt auf den Küchentisch zu und legt die Packung auf die Tischdecke. Nein, er legt sie nicht schlicht dort ab, er drapiert sie. Er schiebt und drückt und drückt ein wenig, zupft noch etwas und begutachtet dann zufrieden sein Werk.

Kai kennt das. Ein demonstratives beleidigt sein auf dem Niveau, schau bitte genau hin, damit du siehst, dass DU einen Schritt zu weit gegangen bist. Mit einem großzügigen Ignorieren übergeht er das Zurschaustellen und fragt: „Was soll das werden? Ein Bauwerk? Der Eiffelturm? Der Waluk-Fels in der Brandung?"

Sein Vater reagiert nicht, betrachtet versonnen seine Schöpfung. Nach einer Weile reibt er über sein Kinn. „In einer Packung sind 15 einzelne Kaugummis. Das sind 15 Möglichkeiten für dich, das Leben besser zu verstehen, bevor du in meinem Alter in einem Schaukelstuhl sitzt und denkst, dass die Welt nur aus - Armer schwarzer Kater – besteht. 15 Versuche dein Leben neu zu sortieren ... und Marion zu vergessen."

Kai verdreht die Augen. „So lass mich doch selber entscheiden, ob ich meine Ex-Freundin vergessen möchte, oder nicht." Er hebt die Hände und lässt sie genervt auf den Tisch fallen. Die Kaugummipackung hüpft dabei.

„Nimm sie wieder mit!"

„Das werde ich nicht. Marion hatte recht. Du bist ein arbeitsgeiler Sturschädel." Mit diesen Worten verlässt sein Vater das Haus. Zurück lässt er eine Packung Kaugummi und einen stechenden Schmerz in seiner Brust.

Brief von Monika

„Lieber Oskar,

denkst du, dass unser Plan je aufgehen wird? Es ist nun vier Monate her, dass ich bei deinem Sohn ausgezogen bin. Ich dachte anfangs, er wird sich melden. Aber inzwischen bin ich mehr davon überzeugt, dass er täglich in der Firma schläft und irgendwann sein Büro heiraten wird. Glaubst du denn, dass er mich noch liebt? Okay, du hast geschrieben, dass er in dumpfes Brüten versunken ist, aber würde er sich dann nicht endlich einen Tritt verpassen und aufstehen, um an meiner Tür zu klopfen? Tut mir echt leid, aber ich glaube nicht mehr so wirklich an deinen Plan. Aber lieben Dank, dass du trotzdem versucht hast, mir zu helfen. Dafür werde ich dich jeden Abend gedanklich drücken.

Alles Liebe für Dich.

Moni."

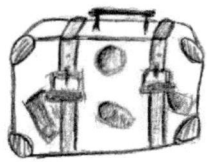

Eine Sekretärin

für den Arbeitswahnsinn

Kai eilt die Treppen hoch, um in sein Büro zu gelangen. Um diese Zeit ist noch keiner im Haus. Die Leute liegen in ihren Betten und genießen die Nachtruhe. Kai aber hat den Kopf voller Ideen und deshalb nicht den Frieden, um genügend Schlaf für den Körper zu finden. Gepuscht von seinen Gedanken um das Projekt ist er trotzdem hellwach und wird sich gleich an den Computer setzen, um die revolutionäre Strategie für den Absatzmarkt zu erarbeiten, bevor es hier im Haus von Menschen wimmelt. Der Chef wollte neue Wege. Die kann er haben. Schwungvoll reißt er die Tür auf und erstarrt.

Bewegungsunfähig stiert er auf den Rücken seiner Sekretärin, die am Schreibtisch zu Gange ist. „Was, was ... machen Sie da?"

Sie schreckt hoch und dreht sich ruckartig um. „Ich, äh, ich wollte ..."

„Meine Unterlagen durchwühlen?" Er findet seine Beweglichkeit wieder und tritt auf sie zu.

Beschwichtigend hebt sie die Hände, eine Akte in der einen, die Brille in der anderen. „Aber nein doch. Ich wollte ... mein Gott haben Sie mich erschreckt." Sie klatscht ihre Utensilien auf die Brust. „Bin extra früh ins Büro gekommen, um Ihr Projekt zu unterstützen. Neben der Arbeit vom Chef, bleibt nicht viel Zeit und ..." Ihr Körper entspannt sich. „Nun ja, ich dachte, Sie könnten ein wenig Rückendeckung gebrauchen."

Kai runzelt die Stirn und stellt sich auf seine Seite des Schreibtisches. Die Gedanken überschlagen sich. Ist das eine Anmache? Bildfetzen aus dem Krimi von gestern überfluten sein Gehirn. Die Sekretärin war es, obwohl alle vermuteten, dass sie unschuldig ist, weil sie ein Techtelmechtel mit dem Chef hatte. Er legt den Kopf schief. Ist sie auf ein Abenteuer aus? Und ist deshalb so früh gekommen, um mit ihm ... er schluckt ... alleine zu sein? Augenblicklich steht ihm der Schweiß auf der Stirn. Dann aber fühlt er sich geschmeichelt.

Ihr Lächeln erstirbt. Ungelenk fingert sie die Brille auf ihre Nase. „Sie denken doch nicht ... also ich wollte Ihnen wirklich nur helfen." Ihre Wangen färben sich zartrosa. Eilends tritt sie einen Schritt vom Schreibtisch zurück. Dann wedelt sie hektisch mit der Akte. „Also die Unterlagen müssten heute noch raus. Ich hab die vorsorglich fertiggemacht. Sie brauchen nur noch unterschreiben." Ordentlich legt sie ihm alles auf den Tisch und dreht sich mit einer Kehrtwende von ihm weg.

Sein Schmunzeln verschwindet und er sucht eilends nach einem Grund sie aufzuhalten. Ihr Erröten lässt ihn vermuten, dass er für sie nicht unattraktiv ist. Eine wohlige Wärme durchflutet ihn. Pfeif doch auf Monika, sie hat ihn fallen lassen, wie eine heiße Kartoffel. Vatter hatte Recht. Es ist Zeit, sie loszulassen! Sein gekränkter Stolz versetzt ihn in Bewegung.

„Warten Sie einen Moment!"

Sie ist im Begriff die Tür zu öffnen.

Er hechtet hinter ihr her und hindert sie daran. „Es wäre schön, wenn Sie mir die Unterlagen kurz erklären würden."

Mit großen Augen starrt sie ihn an, öffnet den Mund, setzt an, entschließt sich scheinbar um. „Ich denke, es ist alles selbsterklärend. Alles so, wie Sie es gewünscht haben."

In Windeseile sucht er nach einer anderen Option, um sie aufzuhalten. Es fällt ihm nichts Besseres ein, als der Kaugummi von seinem Vatter, den er ihm in die Anzugtasche gesteckt hatte. Sei nicht so stur, hatte er gesagt und lass mal was zu. Okay, das hier ist seine Chance. Flugs holt er das Stück hervor und hält es ihr vor die Nase.

„Den schenke ich Ihnen."

Augenblicklich möchte er im Boden versinken, als er in die fragenden Augen seiner Sekretärin sieht. Den schenke ich ihnen, hallt seine eigene Stimme im Kopf nach. Eine blödere Ansage ist ihm nicht eingefallen, schimpft er innerlich mit sich. Doch als sich der Ausdruck in ihrem Gesicht wandelt und sie schmunzelt, verfliegt sein Ärger.

„Das ist echt nett von Ihnen, aber ich mag keine Kaugummis. Schon gar nicht die ohne Pfefferminze. Tut mir leid."

Ihm fällt nichts Besseres ein als zu sagen: „Mir auch."

Die Tür schließt sich und er bleibt alleine zurück, lässt sich an seinem Schreibtisch in den Bürostuhl fallen und sinniert den Geschehnissen nach. In den Händen dreht er den Kaugummi hin und her. „Was wäre, wenn nicht etwas Profundes passiert, sondern irgendetwas Essentielles, wovon dein Leben abhängt?", hört er innerlich seinen Vatter sagen. War es das eben, was er damit gemeint hat? Seine Sekretärin hat ihm deutlich zu verstehen gegeben, dass sie nicht an ihm interessiert ist, hat sein Angebot abgelehnt, sein Geschenk abgewiesen. Es geht nicht um diesen blöden Strippenzieher, sondern darum seinem Leben eine Wende zu verpassen. Die Ideen, die ihn noch vor ein paar Minuten ins Büro getrieben haben, sind plötzlich weit weg und er sehnt sich nach ...

Gedankenverloren öffnet er das Papier vom Kaugummi und ein kleiner Zettel fliegt ihm entgegen.

Zettel im

Kaugummi

Lasse keine Chance ungenutzt!

Wie wichtig sie für dich ist, wirst du erst hinterher verstehen.

Eine ausgeklügelte Idee

für einen Sinneswandel

In ihrem Modeladen fühlt sich Monika endlich wie zuhause. Sie ist am Ziel ihrer Träume angekommen. Während ihrer gemeinsamen Zeit mit Kai hatte sie sich nur auf seinen Job konzentriert, dachte stets, wenn er Projektleiter ist, dann wäre er zufrieden und würde ihr beim Aufbau ihres Ladens den Rücken freihalten. Leider hat sich das nicht bestätigt und sie hatte es zum Glück längst vor dem „großen Ereignis" verstanden, dass sich ihr Traum kaum umsetzen lässt, im Moment, ab dem er mit der Firma „verheiratet" ist. Die Entscheidung ist ihr nicht leichtgefallen, doch in der Hoffnung, dass die Tatsachen ihn zur Einsicht bringen, hatte sie ihre

Sachen gepackt und ihren Wunsch alleine verfolgt.

Sie schaut sich mit einem zufriedenen Lächeln im Laden um. Er ist genauso eingerichtet, wie sie sich es in ihren Phantasien ausgemalt hatte. Edler Boden im Nussbaumimitat, indirekte Spots an den Strukturtapeten, die Einzelstücke beleuchten, spanische Wände, die als Umkleiden dienen, hohe Blumenvasen, die Themengebiete einrahmen und leise Musik, die einen potenziellen Käufer in beste Laune versetzen. Warum nur hat sich Kai nie bei ihr gemeldet? Nicht als sie ihre Sachen gepackt hat, nicht in ihrer eigenen Wohnung und ebenso wenig später. Anfangs vermutete sie, dass er zumindest wegen der Tasche im Hausgang sich melden würde, aber nein. Seine Sturheit sucht seinesgleichen.

Eine Kundin steht vor der Tür und sie beeilt sich, die Glasfront zu öffnen.

„Guten Morgen", singt sie freundlich und verscheucht ihre trüben Gedanken an Kai. Entweder ihre Idee mit der Kaugummi-Packung würde gelingen, oder eben nicht. Dass er eine Weile dafür brauchen wird, ist ihr klar. Sie hofft nur, dass es nicht Jahre dauert.

„Kann ich etwas für Sie tun?", fragt Monika entgegenkommend.

„Ich bräuchte etwas Ausgefalleneres für eine Hochzeit", sagt die Kundin und schiebt ihre Brille auf die Nase

Monika stutzt, ihr ist, als hätte sie die Dame irgendwo schon einmal gesehen. Gedanklich überfliegt sie die Kundinnen von gestern. „Waren Sie schon einmal hier? Sie kommen mir so bekannt vor", fragt sie und begleitet die Frau in die Ecke mit den edleren Kleidern.

„Die sind wunderschön, aber ich bin nicht die Braut." Sie zwinkert ihr zu. „Ich bin nur eingeladen." Erneut schiebt sie ihre Brille zurecht. „Wissen Sie, die Kleidung für die Braut müssten Sie aussuchen."

Monikas Augen weiten sich. „Aber ich kenne die Heiratskandidatin nicht. Das wird schwer, ihren Geschmack zu erraten. Was hat sie denn für Vorlieben?"

Die Dame betrachtet sie musternd von oben bis unten. „Ich würde sagen, elegant mit einem Touch ins Sportliche." Sie zählt weiter diejenigen Farben auf, welche Monika trägt und deutet auf den Schmuck, den sie morgens angelegt hat.

„Verlassen Sie sich völlig auf sich. Sie kennen ihren Geschmack am besten."

Ihre Gedanken überschlagen sich, als würde jemand ihr ein Rätsel aufgeben, das sie binnen zehn Sekunden zu lösen hat, weil ansonsten eine Bombe explodiert.

Die Dame nimmt die Brille ab. „So, das Weitere muss ich jetzt nicht mit ansehen. Vielen Dank. Es war reizend mal Ihren Laden gesehen zu haben. Alles Liebe für Sie."

Monika steht der Mund offen und die Dame verlässt den Verkaufsraum. Bald darauf, sie hatte bisher nicht die Zeit einen vernünftigen Gedanken zu fassen, da öffnet sich die Tür ein weiteres Mal und in ihr erscheint ein überdimensionaler Rosenstrauß. Sie reckt ihren Kopf, um zu sehen, wer diesen vor sich herträgt.

„An der Hochzeit werden es rote sein. Ich wollte noch eine Steigerung offenlassen. Nur für die Akten und für dich zum Mitschreiben." Er lässt den Strauß mit den rosa Rosen sinken.

Stünde ihr Mund nicht schon offen, wäre ihr Kiefer spätestens zu diesem Zeitpunkt aufgeklappt. Kai steht vor ihr und schaut sie wie ein kleiner Schuljunge an, der etwas ausgefressen hat. „Meine Sekretärin ist ein Goldschatz. Sie hat mir den Kopf gewaschen und mir gesagt, wo du jetzt arbeitest. Man, war ich blind. Sie hat es mir zwei Kilometer gegen den Wind angesehen, was mit mir los ist. Ich habe dich vermisst. Und was war der Auslöser, dass ich es endlich kapiert habe?" Er schaut ihr tief in die Augen. „Ein läppischer Kaugummi. Stell dir das mal vor."

Monika lächelt. Sie hatte den „Waluk" mit Zettelchen präpariert und Oskar hat ihr geholfen, den Strippenzieher zu Kai zu bringen. Ihr ist klar, dass er nie einen kauen würde, aber wenn er aus Verzweiflung über seinen Schatten springt, und ihn auspackt, dann würde er es ebenso schaffen, sie wieder ernstzunehmen. Und nur mit einem Sinneswandel, gibt sie ihm eine zweite Chance.

„Willst du mich zurückhaben?", platzt es aus ihm heraus.

Sie wiegt gespielt den Kopf hin und her, grinst und flötet. „Ja."

„Willst du mich heiraten?"

Tief durchatmend blinzelt sie ihm zu und nimmt den Blumenstrauß in Empfang. „Das überlege ich mir am besten, wenn wir nach zwei Monaten noch zusammen sind."

Ihre Antwort scheint nicht gänzlich seine Erwartungen zu treffen, dennoch lächelt er. Und das ist für sie Sicherheit genug, um zu wissen, dass er wenigstens eine Veränderung versuchen wird.

Ich mach dann mal

die Biege

Zu spät

Hektisch spurtet Aurelian an der Glastür der Krankengymnastikpraxis vorüber. Er ist zu spät für seinen Termin beim Orthopäden und rennt daran vorbei, um hinter der nächsten Tür seine Verspätung zu entschuldigen. Doch aus den Augenwinkeln nimmt er eine Gestalt wahr, die im Wartebereich der Krankengymnastikpraxis sitzt. Wegen irgendetwas stutzt er, ist nicht im Stande zu sagen warum. Er bleibt nicht stehen, rennt weiter, zu seinem Termin. Aber das Bild von diesem Herrn klebt an ihm, brennt sich ohne sein Zutun ins Gehirn ein, setzt sich in einer Ecke fest, von der aus es stetig auftauchen und ihn nicht in Ruhe lassen wird. Gehetzt drückt er auf den Türöffner der Praxis für Orthopädie und ein Summton erklingt. An der Theke stehen zwei Menschen, die mit der Arzthelferin diskutieren. In sein Bewusstsein dringen nur kurze Wortfetzen hindurch, zu extrem ist seine Denkzentrale damit beschäftigt das gesehene Bild zu verarbeiten, oder besser gesagt das, was ihn daran so stört. „Kirchmeyer Holger. Ihr Termin ist erst Morgen ..."

„Nein, hier steht es doch ..." Die Dame vor ihm hält der Helferin einen Zettel unter die Nase, auf dem ein Datum eingetragen ist.

„Da hat sich Ihr Vater im Tag geirrt und es falsch aufgeschrieben."

Der ältere Herr neben ihr hält sich sein Ohr, vermutlich um besser zu verstehen, was die Arzthelferin sagt.

„Frau ..." Sie schaut auf das Namensschild der Helferin, das an ihrem Pulli steckt. „Liebe Frau Cornelia Hildheim. Nein, das habe ich aufgeschrieben, nicht mein Vater. Sie haben mir am Telefon gesagt, dass wir heute kommen können, weil er starke Schmerzen hat. Ich war so froh, dass Sie das organisieren konnten. Er hat die ganze Nacht nicht geschlafen."

Die Arzthelferin sucht in ihren Unterlagen.

Herr Kirchmeyer schaut sich krampfhaft um. Aurelian ist sofort klar, dass er eine Sitzgelegenheit braucht. Kurzerhand eilt er zu einem Hocker, der unter der Garderobe als Ablage den liegengebliebenen Kleidungsstücken dient. Er packt den Seidenschal und die ärmellose Weste, hängt sie an einen Haken, schnappt sich den Schemel und trägt ihn zu ihm. Der Herr lächelt dankbar. Mit einem zufriedenen Nicken stellt er sich wieder an und fragt sich, aus welchem Grund er sich eben so abgehetzt hat.

Was zum Teufel hat dieser Mann in der Krankengymnastikpraxis in der Hand gehalten? Und warum zum Kuckuck fesselt ihn dieser Gedanke so? Vermutlich war es ein banaler Terminzettel oder ein Rezept. Gegen diese Schlussfolgerung wehrt sich sein System.

„Haben Sie vielen Dank!", spricht ihn die Dame an, die scheinbar jetzt alles geklärt hat und auf den Hocker unter ihrem Vater deutet. „Findet man nicht oft. Menschen, die für andere Mitdenken." Sie lächelt ihn an. Ihm ist nicht klar, was sie gesagt hat, aber er grinst zurück. Dann beobachtet er, wie sie den älteren Herrn hochzieht, er sich mit schmerzverzerrtem Gesicht auf sie stützt und beide im Wartezimmer verschwinden.

„Ihr Termin war bereits vor einer halben Stunde", sagt die Helferin mit einem abschätzigen Blick in seine Richtung.

„Vielleicht musste ja der Parkplatz gesteckt voll sein und vielleicht musste ich ja erst einen Platz bis hinten an der Unterführung bekommen und vielleicht musste es so sein, dass ich dann auch noch zu Fuß in die falsche Gasse gerannt bin."

Sie schaut ihn wenig besänftigt an.

„Na, wäre ich zur richtigen Zeit gekommen, dann hätte der arme Mann mit seinen Schmerzen keinen Termin bekommen und seine Nacht hätte ihn in den Wahnsinn getrieben."

Sein Gegenüber scheint für solche Gedankengänge spärlich Muse zu haben. Sie schiebt ihm einen Zettel zu. „Ausfüllen, auch die Rückseite. Ihre Krankenkassenkarte?"

Er zieht den Geldbeutel aus der Hosentasche und legt ihn auf die Unterlage an der Theke, worauf geschrieben steht: Heute schon gelacht? Unweigerlich grinst er. „Wissen Sie, manchmal ist das Schicksal wie eine klebrige Masse, wie ein Kaugummi, verstehen Sie. Und dann braucht man jemanden, der es auseinanderzieht, damit zwischendrin wieder Platz für schöne Dinge bleibt."

Sie schenkt ihm einen Blick, der besagt, dass sie ihn jeden Moment fressen wird, wenn er seine Klappe nicht hält. Deshalb nimmt er wortlos, aber mit einem freundlichen Lachen die Karte von ihr zurück, packt seine Unterlagen und begibt sich ins vollgestopfte Wartezimmer. Hätte er den Termin nicht schon einmal verschoben, würde er auf dem Absatz umdrehen und diesen ungastlichen Ort verlassen.

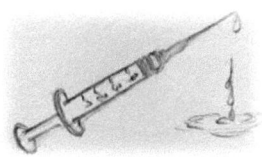 # Frage

Was hatte der Kerl in der Krankengymnastikpraxis in der Hand? Aurelian sitzt im Wartezimmer und sinniert vor sich hin. Für ein Rezept erschien ihm der Zettel zu klein. Außerdem war er sich nicht sicher, dass er ein normales Papier zwischen den Fingern hielt. Er holt sich eine Zeitung vom Tisch und reibt über sein Knie. Faktisch hat er überhaupt keine Lust es therapieren zu lassen, aber inzwischen nervt ihn das Stechen doch so extrem, dass er den Termin vereinbart hatte. Also würde er die ihm vorgeschlagene Spritzentherapie jetzt durchziehen.

W arteschlange

„Cornelia, kannst du kurz mal in die drei. Der Chef braucht jemanden zum Spritzen. Ich übernehm hier vorne." Kollegin Susi schreit vom Labor zu ihr an die Empfangstheke herüber.

„Nein, kann ich nicht. Du siehst doch, was hier los ist." Sie atmet tief durch, schreibt das Datum auf, welches eben ein Patient am Telefon für eine Röntgenaufnahme vereinbart hat, und widmet sich der wartenden Menge.

„Sie haben einen Termin?"

Der Herr vor ihr nickt.

„Dann bräuchte ich ihre Karte."

Er kramt in drei verschiedenen Taschen, bevor er den Lederumschlag mit der Krankenkassenkarte findet. Der Mann hinter ihm schaut genervt gen Himmel. Susi kommt herüber und stellt sich neben Cornelia, tippt sie an der Schulter an. „Ich kann ja auch nichts dafür. Er möchte halt, dass du es machst, ansonsten würde ich ...“

Cornelias Atem beschleunigt sich. Sie beißt die Zähne zusammen und zischt. „Du kannst das genauso. Und ich bin hier jetzt schon eingearbeitet.“ Sie schnauft und schüttelt mit einem Blick auf die Patientenreihe, welche längst den Disput mitbekommen hat, den Kopf. „Mach du!“

„Geht es denn hier bald weiter?“, schimpft eine Dame, die zuletzt in der Reihe steht.

Sie atmet aus, erinnert sich an den Kalenderspruch von heute Morgen, schluckt, ignoriert ihre Kollegin und versucht sich mit einem Lächeln.

„Da ist ja die Karte. Vielen Dank. Sie bekommen sie gleich zurück. Wenn Sie solange bitte schon mal diese Unterlagen ansehen würden. Das können Sie dann im Wartezimmer ausfüllen.“

Nachdem sie auf Susi nicht mehr reagiert, tappt sie zum Chef ins Zimmer und Cornelia atmet sofort befreiter. Soll er doch sie drangsalieren. Ihr System ist schon ohne seine blöden Kommentare überlastet und ihr emotionaler Rucksack nach seinem letzten Anschiss überfüllt. Er ist ausgetickt und hat sie angeschrien, bloß weil ihr eine Spritze hinuntergefallen war. Von der ständigen Überlastung zitterten ihr die Hände und so ist sie ihr vom Tisch gerutscht. Im Normalfall kein großer Akt, eine neue, sterile Spritze zu holen. Aber ihr Chef liebt das Drama und tobt sich gerne in der Praxis aus. Sie hat für heute genug von ihm. Sollen sich mal eine Zeitlang die anderen mit seinen Launen herumschlagen.

„Entschuldigung, ich wollte nur kurz das hier zurückgeben. Ich habe alles ausgefüllt." Mit einem Lächeln legt ihr der Patient von vorhin die Unterlagen auf den Tresen und kassiert dafür einen missbilligenden Blick vom nächsten in der Warteschlange.

Cornelia schluckt. Der Herr mit dem eigentümlichen Namen. Aurelian. Wie war gleich nochmal sein Nachname? Sie schaut auf das Patientenblatt. Kirchhauser. Ah ja. Der mit dem Knie, oder war es der Rücken? Nein Rheuma, oder? Oh Mann, sie bringt schon alles durcheinander. Er kommt zurück. „Ach, wie lange denken Sie, dass es dauern wird? Ich müsste in der Arbeit Bescheid geben, ob ich den letzten Termin noch schaffe. Können Sie es ungefähr einschätzen? Und ..." Er nickt. „Ihr Chef ist bestimmt froh, dass er Sie hier sitzen hat. Eine andere wäre bei dem Massenauflauf längst davongelaufen." Der Rest der Wartenden scheint seine Meinung nicht zu teilen, trotzdem lächelt er stoisch in die Runde.

Sie schluckt und heftet krampfhaft ihren Blick auf ihn, um sich nicht beeindrucken zu lassen. Sein Lächeln ist ein wenig Balsam für ihre gehetzte Seele.

„Vielleicht haben Sie noch etwas zu erledigen. Es wird leider noch dauern." Sie kramt die für den Arzt bereitliegenden Akten durch. „Bestimmt noch eine halbe Stunde."

Aurelian Kirchhauser nickt und verschwindet im Wartezimmer.

„Frau Hildheim!", tönt eine harte männliche Stimme den Gang entlang bis zu ihr an den Tresen.

Ihr gefriert das Blut in den Adern. Der Tonfall ihres Chefs lässt sie vermuten, dass er sich nicht mit Susi zufriedengibt. Er blitzt mit finsterem Blick zu ihr herüber. Ihre Kollegin drückt sich an ihm vorbei und schaut Cornelia mit starrem Ausdruck an. Außerhalb des Blickfeldes des Dramatikers zeigt sie ihr die zusammengebissenen Zähne. Sie ist ohne eine weitere Information im Bilde, was das bedeutet. ‚Mister Unausstehlich' hat einen extrem genialen Tag. Ihr Herz sinkt und sie überlässt seufzend die Patientenschlange Susi. Am Wartezimmer vorbei fällt ihr Blick auf Aurelian, der sie mitfühlend ansieht. Das mildert zwar nicht das ihr Bevorstehende, dennoch scheint ihr emotionaler Rucksack sich ein wenig zu erleichtern. Mit weit mehr Mut schreitet sie ihrem Chef entgegen, der wie ein Felsblock auf sie wartend in der Tür steht und sie mit dem üblichen Räuspern empfängt. Es war dasselbe, wie immer, doch dank dieses Patienten würde sie ihm trotzen. In der langen Feinrippunterhose sieht er aus, wie jeder andere und nicht wie der Gott in Weiß, redet sie innerlich auf sich ein und schreitet weit forscher an ihrem Chef vorbei, als die letzten Tage.

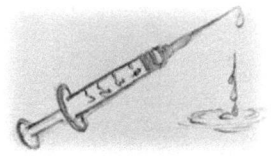 # Behandlung

Die arme Arzthelferin. Was für ein Chef. Ob er doch das ungastliche Terrain verlassen sollte? Wenn der mit seinen Mitarbeiterinnen so umspringt, wie ist da seine Behandlung? Rammt er einem die Spritze durch das komplette Knie hindurch, oder setzt er sie mit einem zynischen Lächeln extra langsam an, damit man den Schmerz intensiv genießen kann? Aurelian rutscht unstet auf dem Stuhl herum, stets kurz davor aufzuspringen, um die Sache erneut zu vertagen.

Krankengymnastik

Floh sitzt im Warteraum der Krankengymnastikpraxis. Er reibt seine vom Fußball zerschundene Wade mit dem Muskelfaserriss, hofft, dass er bald wieder auf dem Spielfeld steht. Das ewige Herumsitzen macht ihn völlig kirre, er braucht Bewegung und die 20 Minuten Streicheleinheiten für sein Bein reichen ihm nicht, um diesen Drang zu stillen. Bedauerlicherweise hat er in seinem Zimmer schon die Lampe geschrottet, weil er Handball gespielt hat. Jetzt ist er auf kleine Jonglierbälle umgestiegen, die sind weicher und zerstören beim Einschlagen nicht gleich das komplette Inventar.

„Hier, bitte unterschreiben", sagt die Dame am Empfang.

Er ist froh, aufstehen zu können, und humpelt an die Scheibe, um sein Kürzel in die Zeile auf seinem Rezept zu pfeffern. Die Hände in den ausgebeulten Jeanshosentaschen schlurft er auf seinen Platz zurück, genervt darüber, gleich wieder sitzen zu müssen. Sein unverletztes Bein hüpft fahrig auf und ab. Die Finger in den Taschen zittern. Einer popelt an einem Papier herum. Er holt es hervor. Ah, ja, der Kaugummi, den er vorhin schon halb weichgeknetet hat, weil er zu früh hierhergekommen ist, er hatte die Termine durcheinandergebracht.

Gedankenverloren dreht er ihn erneut zwischen den Fingern, bis die Verpackung nahezu mit der Masse darin verklebt. Mit was wird er heute die Zeit totschlagen? Fußballspielen wäre ihm das Liebste, funktioniert aber nicht. Dann wieder Fernsehen? Nein, zu unbeweglich. Jonglieren? Hat er erst gestern versucht. Ich brauche etwas Neues. Nachdenklich betrachtet er das zerknautschte Papier in seinen Händen. Kaugummiweitspucken!

Er grinst verschmitzt, zupft den Waluk aus seiner Ummantelung, die sich schon in allen Ritzen verklebt hat. Dann steckt er den Kaugummi in den Mund und seine Muskulatur ist endlich beschäftigt, wenn auch nur die in seinem Gesicht. Immerhin. Das zerfledderte Papier pellt er auseinander und findet ein ausgefranstes Stück mit einem Spruch darauf. Er legt ihn sich auf den Schoß und formt mit dem Rest eine Papierkugel, zielt den Abfalleimer an und versucht sich mit einem Korbwurf. Treffer!

„Floh, du kannst schon mal in den Raum Nummer fünf gehen." Die Dame vom Empfang reißt ihn aus seinem Siegestaumel und er springt einbeinig vom Stuhl. „Joh", jault er und der Zettel mit dem Spruch segelt sanft zu Boden. Er bleibt zurück, als er in einem zappeligen Triumphgefühl Richtung Behandlungsraum humpelt. Zum Glück funktionieren die Hände, die fliegen durch die Luft, als hätte er einen imaginären Ball dabei.

Aurelian sitzt nur eine Tür weiter im Wartezimmer und ist inzwischen ähnlich hibbelig, wie Floh. Er blättert durch die Zeitschrift mit den hochglanzpolierten Models, schüttelt den Kopf über die dürren Gestalten und wirft sie wie bei einem Korbwurf gezielt auf den Tisch zurück. Danach schaut er zum Empfang, sieht, dass er leer ist, und erneut eine Warteschlange ungeduldig von einem Bein auf das andere wackelnder Leute davorsteht. Ihn durchfährt ein Schrei! Eine männliche Stimme. Eine höchst aufgebrachte. Eine, die er dem Arzt zuordnet. Eine lautstarke Schimpftirade überrollt die Patienten im Wartezimmer von der Ferne. Aurelian sieht jedem Einzelnen an, wie peinlich berührt er davon ist. Hätte er nicht wenigstens die Tür zum Behandlungsraum schließen können, bevor er so herumschreit? Ihm wird erst heiß, dann kalt und ihn hält nichts mehr auf seinem Stuhl. Er flüchtet regelrecht aus dem Zimmer. Lässt die betreten dreinschauenden anderen hinter sich. Spurtet am unbesetzten Tresen und der Warteschlange vorbei. Schiebt den Patienten vor dem Ausgang beiseite, entschuldigt sich dafür mit einem gequälten Lächeln und der Ansage, dass er etwas vergessen hätte, und rennt hinaus.

Vor der Tür atmet er durch. Nein, dann ist nicht der richtige Zeitpunkt für diesen Termin. Vermutlich würde sich sein Knie ja einer spontanen Selbstheilung unterziehen. Wer weiß, warum es heute nicht sein soll und vor allem nicht bei diesem Drachen von Doktor. Er zupft einen Fussel von seiner Jacke, besinnt sich und setzt sich in Bewegung. Dann schaffe ich doch noch meinen Termin in der Arbeit. So war es zwar nicht angedacht, aber er vertraut darauf, dass es so seine Richtigkeit hat.

Im Vorbeigehen nimmt er die Glastür von der Krankengymnastikpraxis wahr. Wieder kommt ihm der Mann in den Sinn, der dort vorher saß. Was hatte er nur in der Hand? Er stoppt, dreht um, läuft zurück und bleibt andächtig vor der Tür stehen, stiert auf den jetzt leeren Platz. „Shit", entfährt es ihm. Er hat keine Ahnung, warum ihn dieses Papier so fesselt, doch er vertraut seinem inneren Gefühl und öffnet die Tür.

„Kann ich helfen", fragt ihn die Dame am Empfang, als er sich suchend umsieht und dabei immer wieder auf den leeren Platz stiert.

„Brauchen Sie Krankengymnastiktermine?"

„Schön wär's", murmelt er, ohne seinen Blick vom Stuhl abzuwenden. „Sagen Sie, da war doch eben noch ein junger Mann gesessen. Der hatte was in der Hand ..."

„Der ist bei seinem Termin. Und das Kaugummipapier habe ich weggeworfen. Die jungen Leute haben es nicht so mit der Ordnung."

Hektisch läuft er auf den Papierkorb zu und starrt hinein. Obenauf liegt ein zerfranster Zettel mit einem Spruch darauf. Er fingert ihn zwischen anderen Papierresten hervor.

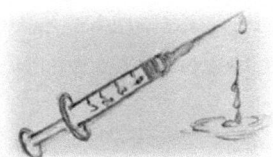 **Z**ettel

„Vertrauen Sie ihrem Bauchgefühl. Sie werden damit Schlimmeres vermeiden!"

Zusammenstoß

Aurelian hält die Luft an. Dann war es doch richtig, dass er gegangen ist. Er steckt den Zettel in die Hosentasche und wünscht der kopfschüttelnden Dame am Empfang einen schönen Tag. Mit einem Schmunzeln verlässt er die Krankengymnastikpraxis und rennt um ein Haar mit der Arzthelferin zusammen. Sie schluchzt und wirkt, als wäre der Leibhaftige hinter ihr her.

„Entschuldigung", schnieft sie und versucht, sich an ihm rechts vorbeizuschieben. Im Moment, als Aurelian ihr Platz macht, weicht sie ebenfalls auf diese Seite aus.

„Oh, sorry, ich wollte Sie nicht aufhalten." Er hebt beschwichtigend die Hände und setzt erneut einen Schritt beiseite.

Doch sie kommt ihm zuvor. Sie stehen ein weiteres Mal voreinander.

Ihr Schluchzen weicht einem gequälten Lächeln.

„Wollen wir eventuell zusammen das ungastliche Haus verlassen?", fragt er, einem spontanen Impuls folgend. „Wissen Sie, mein Sprichwort für heute besagt, dass ich meinem Bauchgefühl vertrauen soll und damit Schlimmeres vermeide. Also, ich denke, wir gehen besser gemeinsam, als uns noch länger gegenseitig im Weg zu stehen." Er hält ihr seine Hand hin, sie hakt sich unter und sie laufen gemeinschaftlich den Gang entlang.

„Herr, äh, Aurelian. Tut mir leid, den Nachnahmen habe ich eben schon einmal verwechselt. Kirch ... irgendwas." Sie verzieht den Mund und zuckt entschuldigend mit den Schultern.

„Aurelian alleine passt schon."

„Gut, dann ... ich bin Conny." Dieses Mal ist ihr Lächeln nicht gequält. Sie wischt sich unsanft die Tränen mit dem Ärmel von der Wange.

„Schade ..."

„Was ist schade?" Sie bleibt stehen, und beseitigt die restliche Misere mit einem Taschentuch aus ihrem Gesicht.

„Dass dein Chef so ein ..." Er sucht nach einem Wort, das den Kern trifft, aber nicht zu unwirsch klingt. „So ein unzufriedener Mensch ist."

Sie holt Luft und steckt ihr Tuch ein. „Dazu hatte er heute auch allen Grund." Erneut läuft ihr eine Träne über die Wange. „Wir hatten zwei Herrn mit Namen Kirch ... irgendwas. Kirchmeyer und Kirchhauser. Einer mit Knieproblemen, einen mit Rheuma." Sie schnieft. „Ich habe versehentlich für den älteren Rheumapatienten eine Spritze aufgezogen, die eigentlich für den Kniepatienten gedacht war. Zum Glück hat es mein Chef bemerkt. Leider hat er mich dann rausgeschmissen." Sie lässt sich auf die Bank im Eingangsbereich fallen, umklammert ihren Körper, um das innerliche Schütteln zu unterdrücken.

Aurelian glaubt nicht, was er hört. „Du hast die Spritzen versehentlich vertauscht. Dann hätte ich, die Rheumaspritze bekommen, die für den älteren Herrn bestimmt gewesen war und nicht eine für mein Knie?"

Sie nickt und es schüttelt sie erneut durch. „Er hat schon recht, dass er mich rausgeschmissen hat."

Er seufzt und setzt sich neben sie. Den letzten Termin in der Arbeit streicht er gedanklich. „Dann habe ich Glück gehabt, dass mich ein Kaugummipapier so sehr beschäftigt hat, dass ich vorher gegangen bin."

„Mach dich nur lustig über mich. Das habe ich verdient."

„Aber nein. Das meine ich ernst. Ich hatte die ganze Zeit über das Gefühl, dass ich hier nicht richtig bin, und kein Mensch hat einen Rauswurf verdient. Du warst doch völlig überarbeitet. Und bei so einem Chef hätte ich schon lange selbst gekündigt."

Sie wischt erneut mit dem Tuch über ihre Augen, versucht sich mit einem dankbaren Lächeln. „Weißt du, wir bräuchten eigentlich eine weitere Kraft, alleine für die Medikationen und Therapien, aber ..."

„Bei deinem Chef hält es keine lange aus?"

Sie lächelt bitter.

„Dann sei froh, dass du ihn nun los bist. Weißt du was, ich besorge mir einen Termin beim Orthopäden im Nachbarort und dich ... nehme ich gleich mit. Die suchen schon ewig eine Arzthelferin."

Sie schaut ihn ungläubig an.

„So, dann wäre das jetzt geregelt. Ein Kaugummi hat für unser Schicksal das Ruder herumgerissen. Ich habe keine Rheumaspritze abbekommen und der Herr Kirchmeyer keine Spritze ins Knie. Du bist den unangenehmen Chef los und ich kriege dank der ganzen Sache jetzt einen leckeren Cappuccino. Darf ich dich auf einen kurzen Abstecher in die Eisdiele einladen? Zum Glück hast du ja jetzt frei. Ich übrigens auch."

Klingelstreich

Kein Besuch seit Tagen

Leander schaut versonnen vom ersten Stockwerk in den Garten vor dem Haus hinunter. Seit einer Stunde ist keiner mehr hier vorbeigegangen. Nicht einmal ein Hund hat an den Zaun gepinkelt, worüber er sich aufregen hätte können und er mit der Hundehalterin ins Gespräch gekommen wäre. Die Müllabfuhr ist schon heute Vormittag vorgefahren, um die Säcke mit dem Plastikabfall mitzunehmen. Warum er nur dachte, dass er in diesem Blockhaus mit mehreren Mietparteien ständig Kontakt zu jemanden haben wird, ist ihm zum jetzigen Zeitpunkt schleierhaft. Jeder versteckt sich hier hinter seiner Tür. Mit enorm viel Glück erntet man eine gemurmelte Antwort auf seinen Gruß, dann aber ist alles wieder einsam. Brav verschwindet jedermann in seiner Mieteinheit und bis auf das Trampel der Kinderfüße über ihm und dem lauten Fernseher von nebenan, herrscht Totenstille. Dass so viele Menschen auf einem Haufen, so mundfaul sein können, war ihm nicht in den Sinn gekommen. Genervt betrachtet er die ausladende Buche vor dem Haus. Ein Blatt segelt zu Boden. Er verfolgt es mit den Augen, achtet darauf, es nicht aus seinem Blick zu verlieren, bis es neben dem Sandkasten zum liegen kommt. Bei dieser Nebelsuppe sind heute nicht einmal Kinder auf dem Spielplatz. Mit einem tiefen Seufzer fährt er sich über die Glatze und kratzt sich ausgiebig. Bleibt ihm nur ein erneuter Spaziergang am Nachmittag, obwohl er schon am Vormittag auf seiner Runde unterwegs war.

Am Abend sitzt er am Tisch und isst den Wurstsalat, den er sich aus Langeweile gekauft hat. Es war genügend anderes im Kühlschrank zu finden, aber er brauchte einen Grund, um rauszugehen, ein Ziel, oder zumindest einen Wendepunkt, an dem er umdrehen würde. Also hat er sich den Supermarkt als Punkt auserkoren und damit er nicht davor blöd herumsteht oder nur am Zaun wieder umdreht, kaufte er sich den Wurstsalat. Er beißt in eine Gurke und seine Zähne knacken dabei.

Da läutet es an seiner Tür.

Wie paralysiert starrt er auf die Gurke in seiner Hand. War das bei ihm? Es klingelt erneut. Nicht einmal, sondern mehrmals, in einem witzigen Rhythmus. Dann herrscht Stille. Hektisch legt er das Stück auf den Teller und schiebt seinen Stuhl vom Tisch weg. Schneller, als er heute je gegangen ist, eilt er zur Tür und drückt den Knopf von der Sprechanlage. Leider hört er nur ein Rauschen. Der Hausmeister hat ihm doch versprochen, dass die Anlage wieder einwandfrei funktioniert. Ausgerechnet jetzt hat sie einen Aussetzer, wo er Besuch bekommt. Er nimmt den Haustürschlüssel vom Schlüsselboard und schlurft mit seinen Schlappen zur Tür hinaus und die Treppen hinunter. Durch das Milchglas sieht er einen Schatten, aber einen zu kleinen für einen seiner Bekannten. Ist das jemand mit Hund? Hektisch öffnet er die Haustür und schaut auf ein Kleinkind, das auf seinen Fingern herumbeißt, ihn mit blauen Kulleraugen angrinst und von einem gefütterten Gummistiefel auf den anderen hin- und herwackelt.

„Na, wer bist denn du?", fragt er entzückt.

„Modidiz", sagt er, ohne seine Finger dabei aus dem Mund zu nehmen.

„Wolltest du zu mir?"

Der kleine Kerl grinst noch breiter.

„Moritz", eine schrille Frauenstimme ertönt neben ihnen. „Da bist du ja. Oh Mann, hast du mir einen Schreck eingejagt." Sie drückt ihn und hebt den Kurzen auf den Arm. Erst jetzt scheint sie Leander zu bemerken. „Hat er Sie herausgeläutet?"

Er winkt ab, um ihr zu verstehen zu geben, dass das nicht weiter schlimm ist.

„Entschuldigen Sie, aber er hat gerade die Phase, wo es nichts Schöneres gibt, als an Haustüren Klingelknöpfe zu drücken. Wir sind nur kurz raus zum Schaukelpferd. Und dann kam die Frau aus dem fünften Stock. Ich habe einen Moment mit ihr wegen des Biomülls geredet, weil er doch immer so stinkt, wenn da kein Zeitungspapier mit drinnen ist und jeder seinen Müll einfach so in die Tonne wirft. Da muss er vom Pferd gestiegen und zur Tür gelaufen sein. Tut mir echt leid."

„Mir gar nicht", sagt er prompt.

„Wie bitte?"

„War ja eine schöne Abwechslung." Er grinst Moritz an. „Das war doch gar nicht schlimm, gell!"

Der lächelt verschmitzt, zieht seine Finger aus dem Mund, streckt sich und drückt erneut auf die Klingel.

„Nicht schlimm", gellt die Mutter in Leanders Richtung. Dann wischt sie dem Kleinen die Hand weg und schimpft. „Das ist kein schönes Spiel. Macht die Leute ganz traurig. Die müssen alle an die Tür laufen. Das darfst du nicht mehr machen." Sie nimmt Moritz und zieht ihn mit sich. Der wehrt sich mit aller Kraft, lässt sich auf den Boden fallen und windet sich durch ihre Hände hindurch, um blitzschnell ein weiteres Mal zu klingeln.

Leander lässt der Mutter sein Schmunzeln nicht sehen. Er winkt dem Kleinen zum Abschied zu und der Zwerg wird von seiner Mama den Weg nach Hause mitgeschleift.

Tagebucheintrag

Liebste Rosalie,

heute hatte ich ganz lieben Besuch. Der kleine Moritz hat an meiner Tür geklingelt. Es ist so schade, dass ich meine Enkel nicht sehen kann. Amerika ist so weit weg und für mich unerreichbar. Warum musste unsere Tochter auch einen Mann aus San Francisco heiraten? Das ist so hoffnungslos. Von den Enkeln kenne ich nur Bilder. Aber, was jammere ich? Du hast sie überhaupt nicht mehr miterlebt. Stell dir vor, ich habe den kleinen Jason am Telefon brabbeln gehört. Und der größere Raphael hat sogar „Guten Morgen Opa" gesagt. Was hat der für einen witzigen Akzent. Ich fürchte, wenn sie mich mal besuchen kämen, würde ich ihn kaum verstehen. Genug Sentimentalität für heute. Vielleicht sollte ich öfter zum Spielplatz runter und an meine Enkel denken und an dich.

Du fehlst mir.
Dein Leander

S peisekammerfund

„Irgendwo muss doch diese Schachtel sein!",
schimpft Leander in der Speisekammer. „Rosalie,
wo hast du die hinversteckt?" Er schiebt das Mehl
beiseite und den Korb mit den Backutensilien
ebenfalls. Das ist alles von seiner verstorbenen
Frau. Nicht, dass er backen würde, er hat es nur
nicht fertiggebracht die Sachen wegzuwerfen, hat
er doch ihren Quarkkuchen so geliebt. Wenn er
das wegwerfen würde, käme es ihm vor, als
würde er ebenso die Erinnerung an ihre
Kochkünste beiseitewischen.

Hinter den Nüssen findet er eine
Blechschachtel. Hat sie die Süßigkeiten nicht alle

in einer Plätzchendose aufbewahrt? Meistens hat sie die nur hervorgeholt, wenn an Halloween die Nachbarskinder an der Tür geklingelt und um „süßes oder saures" gefragt haben. Das restliche Jahr hat er die Dose nicht gesehen und auch nicht danach gesucht. Aber jetzt braucht er sie. Es dauert eine Weile, bis er mit seinen grobmotorischen Fingern den Blechdeckel aufhat. Augenblicklich strömt ihm der Duft von Weihnachtsstollen und Spekulatius entgegen. Das ist fast zu viel der Erinnerung. Schniefend zieht er sein Stofftaschentuch aus der Hosentasche und wischt sich damit fahrig übers Gesicht. Schleunigst verschließt er die Dose wieder. Die weitere Suche lenkt ihn ab. Lange Zeit hat er um seine Frau getrauert. Er hat keine Lust, in dem alten Schmerz zu versinken. Also schiebt er den Staubsauger beiseite und taucht in die hinteren Gefilde der Speisekammer ab. Nudelpakete, die niemand mehr verkocht, den Reis ebenso wenig. Wie gerne würde er das Essen von der Sozialstation gegen die Genüsse seiner Frau eintauschen. Aber, er will nicht undankbar sein. Wenn er dort hingeht, kommt er wenigstens einmal am Tag unter Leute und bekommt eine warme Mahlzeit.

Hinter der Schachtel mit der Weihnachtsdekoration wird er endlich fündig. Die Dose mit den Süßigkeiten! Er öffnet die Schleife. Immer hat sie ein Band um den Behälter herumgebunden. Nicht irgendeines, nein eines aus Seide. Als ob er je an dieser Büchse gegangen wäre, um was daraus zu naschen. Seine Karamellbonbons sind nie dort gelandet. Den Inhalt der Tüte hat er stets in sein Glas im Wohnzimmer geleert. Ein Bonbon jeden Abend zum Fernsehen. Nicht mehr, nicht weniger.

Gespannt öffnet er den Deckel. Ob die Süßigkeiten überhaupt noch was taugen, fragt er sich. Dann lächelt er. Er schaut auf lauter bunte Kaugummikugeln, solche, wie aus dem Automaten, die er früher für seine Tochter mit einem „Zehnerl" gezogen hat. Die Erinnerung ist so plastisch, dass er einen in die Finger nimmt und prüft, wie hart er inzwischen ist. Der Test bringt ihn zu der Überzeugung, dass diese wohl nur noch zum Murmelspielen geeignet sind. Zwischen all den bunten Kugeln liegt eine Packung „Waluk – Strippenzieher". Er lacht lautstark. Die Verpackung ist völlig intakt. Vielleicht sind die brauchbar. Ansonsten müsste er morgen in den Supermarkt laufen, um extra frische zu kaufen. Endlich ein Grund, um rauszugehen und nicht nur der Langeweile wegen, sondern, weil er etwas braucht.

Am Abend setzt er sich zum Fernsehen mit einem Grinsen im Gesicht. Genüsslich wickelt er sein Karamellbonbon aus und steckt es in den Mund. Die Dose mit den Kaugummis hat er danebengestellt. Nicht, weil er vor hatte einen davon zu probieren, nur der Erinnerung wegen. Durch die Strippenzieher hatte er damals seine Frau Rosalie kennengelernt. Sein Annäherungsversuch mit einem Kaugummi war zwar nicht gerade einer seiner besten Ideen, aber sie fand diese originell. Endlich mal jemand, der ihr keine Zigarette anbot, hatte sie mit einem Lächeln gesagt. Und so haben sie zusammen gelacht und gemeinschaftlich Waluk gekaut. Sie hat stets die größeren Blasen geschafft. Seiner platzte meist, kurz bevor er den Sieg eingefahren hätte. Dann hatte er das klebrige Zeug meist im Gesicht hängen, was sie in einen gemeinschaftlichen Kicheranfall verfallen ließ. „Ach, was waren wir albern", murmelt er und lutscht. Seitdem hat er keinen Strippenzieher mehr angerührt. Ob sie diese Packung für ihn dort versteckt hat? Ähnlich sähe es ihr. Vermutlich ist sie nur nicht mehr dazugekommen, sie ihm zu schenken. Kurz nachdem sie gestorben ist, hätten sie ihre goldene Hochzeit gefeiert. Wer weiß, ob sie dieses Erinnerungsstück für den Anlass gekauft hatte?

Der Film, der im Fernsehen läuft, ist von derselben Serie, die er jeden Tag ansieht. Doch er genießt ihn in diesem Moment um einiges intensiver. Auch das Bonbon schmeckt süßer und vollmundiger. Morgen wird er aktiv werden und ein wenig Schicksal spielen. Spielplatz, ich komme!

Tagebucheintrag

Liebe Rosalie,

du bist das Beste, was mir passieren konnte. Ich war heute in der Speisekammer. Du hast mich mit deiner Süßigkeitendose angeschubst, mein Hinterteil aus dem Sessel zu bewegen. Ja, du hast ja Recht. Unsere Enkelkinder dürfen ihr Leben auf einem anderen Kontinent verbringen. Sie sind nicht unser Eigentum. Aber das heißt noch lange nicht, dass ich deswegen vor Langeweile Beulen in das Sofa sitze, nur weil keiner von der Familie mir die Unterhosen bügelt. Herrgott, ich bin ein erwachsener Mann. Alter Herr, aber kein altes Eisen.

Ich dank dir für den Kaugummi. Du bist mein Lebensretter!

Dein Leander

S chokoladentafeln

Am nächsten Tag setzt er sich mit den Taschen voller kleiner Schokotafeln auf die Bank beim Spielplatz. Leichtfüßig lief er dafür schon am frühen Vormittag durch den Park und Richtung Supermarkt. Die Luft kam ihm dabei klarer vor denn je und die Beine waren eher bereit ein wenig Tempo aufzunehmen, als die letzten Tage. Sein inneres Schmunzeln verstärkt sich beständig, wenn er die Hände in den Jackentaschen durch das knisternde Einwickelpapier zieht. Leider ist im Moment nichts los im Sandkasten. Es ist zu früh. Sein Tatendrang hat ihn vor dem Hahnenschrei aus dem Bett getrieben. Aber lieber würde er hier sitzen und warten, als stundenlang am Fenster zu stehen, um die vielen tollpatschigen Kinderfüße zu beobachten, wie sie über alles stolpern, das sich ihnen in den Weg stellt. Ob Moritz schon auf ist? Gewiss ist er genauso ein Frühaufsteher, wie seine Tochter. Ist das bei kleinen Kindern nicht immer so?

Eine halbe Stunde später, wird es ihm zu kalt und er steht auf, um sich in seiner Wohnung einen Tee zu kochen. Da hört er hinter sich ein Kinderschreien. „Opa, Opa, Opa."

Gleich darauf die Mutter von gestern. „Das ist nicht dein Opa. Deiner wohnt nicht hier. Der ist in Frankfurt. Das hier ist unser Nachbar. Nicht dein Opa."

„Opa, Opa, Opa." Dann herrscht für einen Moment beängstigende Stille.

Leander schaut sich um. Moritz ist gestolpert und liegt auf der Nase.

Ohrenbetäubendes Geschrei.

Eilends läuft er zu ihm, er ist näher wie die Mutter, hebt ihn auf und stellt den kleinen Kerl wieder auf die Füße, wo er sich wackelnd ausbalanciert.

„So lassen Sie ihn doch. Der steht schon von alleine auf. Ich will kein verhätscheltes Etwas aus ihm machen."

Leander hebt entschuldigend die Hände. „Ich dachte nur ..."

In dem Moment wird sein Bein von zwei Kinderhänden mit solcher Wucht umklammert, dass er fast das Gleichgewicht verliert.

„Opa, Opa, Opa."

„Moritz! Das ist nicht dein Opa!", schimpft die Mutter und will ihn vom Hosenbein wegziehen.

„Aber es macht mir nichts aus, wenn er mich Opa nennt. Lassen Sie ihn nur."

Ein verärgerter Blick trifft ihn. „Wo kommen wir denn da hin, wenn er jeden Opa nennt. Ich will ihm beibringen, dass man sich nicht jedem gleich anvertraut. Nichts für ungut, aber das nächste Mal wirft er sich ans Bein von seinem Entführer."

Klein Moritz lässt sich von seiner Mutter nicht wegziehen. „Jetzt komm schon, lass den Herrn los. Du tust ihm ja weh."

„Aber nein!", trällert Leander. „Das macht mir wirklich nichts aus. Ich freue mich doch über Unterhaltung." Er zieht ein Schokotäfelchen aus der Tasche. Dabei fällt seine Packung Waluk heraus und auf den Boden. Ein rotes, kleines

Päckchen blitzt vor Moritz auf. Der lässt sein Hosenbein los und greift zu. Seine Augen leuchten, wie wenn er Sterne gefrühstückt hätte.

„Also, das geht jetzt entschieden zu weit." Die Mutter reißt ihrem Sohn die Schokolade aus der Hand und streckt sie Leander entgegen. „Bitte lassen Sie das. Mein Kind soll lernen, nichts von Fremden anzunehmen."

Ohrenbetäubendes Geschrei. „Opa Lade!", brüllt er.

„Entschuldigen Sie, ich kann Sie ja verstehen, aber nehmen Sie die Schokolade doch an sich und geben Sie ihm die Tafel, wann immer Sie es für richtig halten." Er schiebt ihre Hände zurück, aber sie lässt nicht locker. Nicht einmal das Gebrüll von Moritz hält sie auf, die Süßigkeit in Leanders Jackentasche zu stopfen.

„Also, das geht MIR jetzt zu weit!", sagt er und tippt sich auf die Brust. „Greifen Sie mir nicht in meine Taschen. Das überschreitet jetzt MEINE Grenze. Was soll denn da ihr Sohn denken? Dass er jedem etwas in die Tasche schieben oder herausnehmen darf?"

Sie stemmt die Hände in die Hüften. „Also, das ist mir jetzt zu blöd. Komm Moritz, wir gehen zur Schaukel und lass endlich den Herrn in Ruhe."

„Leander ist mein Name, nicht Herr." So etwas Eigenwilliges, schimpft er innerlich. Früher hätte er Rotzlöffel zu ihr gesagt. Und diese junge Göre will ihren Sohn erziehen?

Die Mutter lässt sich davon nicht beeindrucken, klemmt ihren zappelnden Wicht unter den Arm und stapft mit ihm zur Schaukel.

# Tagebucheintrag

Liebe Rosalie,

was sagst jetzt du zu dieser Mutter? Das ist die Höhe, wie sich die mir gegenüber aufgeführt hat. Warum lässt sie mich denn nicht mit Moritz spielen? Sie sieht doch, dass er gerne bei mir ist. Sie kann nicht alle aus seinem Leben herausekeln, nur weil ihr die Nase von einem nicht passt.

Was sagst du? Ich hätte Moritz nicht einfach die Schokolade in die Hand drücken sollen, sondern erst die Mutter fragen.

Jetzt bist du aber kleinlich. Was ist schon dabei, wenn er das isst?

Er könnte allergisch sein?

Auf was? Auf Zucker?

Aber in Ordnung, wenn du meinst, dass es besser ist, zu fragen ... dann frage ich das nächste Mal. Du wusstest eben immer, welches der richtige Weg ist. Tja, das bin ich von dir gewohnt. Und meistens hast du recht.

Ich hab dich trotzdem lieb, oder genau deswegen.

Dein Leander

Modidiz

„Wo ist mein Waluk-Päckchen?", murmelt Leander und sucht hektisch in seinen Jackentaschen. Er ist sich sicher, dass er ihn zusammen mit den Schokotafeln eingesteckt hat. Weder dort, noch in seiner Hose, noch in der Süßigkeitendose wird er fündig. Das darf nicht sein. Er kann nicht weg sein. Das ist ein Geschenk von Rosalie. Er braucht ihn! Dann hält er abrupt inne, in seinem emsigen Suchen. Die Mutter von Moritz ist ihm im Sinn. Sie hat ihm die Schokotafel zurück in die Jacke gestopft. Hat sie dabei den Waluk geklaut? Warum sollte sie das tun? Weil sie ihrem Sohn Süßigkeiten verbietet, aber heimlich selbst welche nascht? Das kommt ihm seltsam vor. Aber wie hätte es sich ansonsten zugetragen, dass sein Päckchen verschwunden ist. Er hat mit niemanden sonst geredet, saß nur auf der Bank und schaute Moritz beim Schaukeln zu.

Je länger er nachdenkt und in seiner Wohnung nicht fündig wird, umso wütender wird er. Was bildet die sich ein, beschimpft ihn wegen eines Stücks Schokolade und klaut im selben Augenblick seine Kaugummipackung. Dabei weiß sie nicht im Geringsten, wie wichtig diese für ihn ist. Sie hätte die ganze Jackentasche voll Süßigkeiten haben können, alles, was in seiner Blechdose ist, obendrein, aber nicht den Waluk. Er ist so wütend, dass er sich nicht dazu durchringt, erneut in den Supermarkt zu laufen, um eine Ersatzpackung zu kaufen. Dafür wickelt er ein Bonbon aus seiner „Nur zum Fernsehen am Abend Dose" aus und lutscht es.

Um sechs Uhr sitzt er, wie jeden Tag, beim Abendbrot und schmiert sich eine Käsesemmel. Ebenfalls etwas, dass er außer der Reihe macht. Nur an erlesenen Tagen gönnt er sich beim Bäcker diesen speziellen Abendschmaus und eine dicke Scheibe Schinkenspeck dazu. Besonnen säbelt er die Semmel in zwei Hälften. Da läutet es an der Tür. Er hält inne. Hat er seinen Kartenabend mit den Freunden vergessen? Nachdenklich schaut er auf den Kalender. Nein, heute ist Mittwoch, nicht Donnerstag.

Erneut klingelt es. Und gleich darauf ein weiteres Mal.

Da hat es aber jemand eilig. Er legt das Messer weg und schlurft zur Tür. Bis er dort ankommt, läutet es wiederholt.

„Ja, ja, ich komm ja schon. Bin doch kein ICE."

Er öffnet und stockt. Die Mutter von Moritz steht vor ihm, tränenüberströmt. Sie schluchzt. „Ist mein Sohn bei Ihnen?"

„Aber nein. Ich würde ihn doch nicht in meine Wohnung lassen ... also nicht, äh, wenn Sie nicht dabei sind."

„Er ist weg!" Die Tränen schütteln sie durch und sie tut ihm augenblicklich leid. „Wir waren nur kurz beim Schaukelpferd. Darauf freut er sich doch immer so, das machen wir jeden Tag, vor dem Abendessen. Und da habe ich kurz mit Elfriede geredet. Dann war er weg. Ich hab schon den ganzen Platz abgesucht, aber ich finde ihn nicht. Bestimmt ist er entführt worden." Ihre Stimme erstickt in einem Seufzer.

„Das glaube ich nicht. Warten Sie, ich zieh mir kurz was an und dann helfe ich Ihnen suchen. Weit kann er ja nicht sein. Und die Hauptstraße ist zum Glück erst hinter der Parkanlage. Wir finden ihn schon. Keine Bange ...", so redet er unentwegt weiter, bis er seine Schuhe und eine Jacke an hat. Soll sie doch seinen Waluk haben. Rosalie kann ihm niemand wegnehmen, selbst wenn ihr Geschenk bei jemanden anderen gelandet ist. Moritz ist jetzt wichtiger.

Zu zweit spurten sie zum Spielplatz hinunter und durchkämmen gemeinsam jeden Winkel. Da es schon dunkel ist, kein leichtes Unterfangen. Er ist weder im Sandkasten, noch im Tunnel unter dem Kletterhaus. Also erweitern sie die Suche und sehen im Park nach, doch sie werden nicht fündig.

„Sie sind schuld. Wegen Ihnen hat er so ein blindes Vertrauen in jeden, der ihn anspricht." Ihr Weinen hat sich in wütendes Schreien gewandelt. „Bestimmt ist er zu jemanden ins Auto gestiegen, der ihm eine Schokolade gegeben hat."

„Moment Mal, ich habe ihn gar nicht angesprochen. Er hat bei mir geläutet. Schon vergessen?" In diesem Augenblick steigt auch ihm erneut die Wut in den Kopf. Verärgert lässt er sie im Park stehen und tappt zurück zum

Spielplatz. Dann sucht er eben alleine weiter. Er beschimpft sie innerlich als blöde Ziege und stutzt.

Auf der Bank sitzt ein kleiner Herr, der etwas in seinen Fingern herumdreht, es fällt ihm hinunter und er klettert zu dem Verlorenen auf den Boden herunter.

„Hallo", schreit Leander zu der Mutter hinüber. „Hallo Sie. Kommen Sie! Ich hab ihn!" Seine Wut ist wie weggewischt und die Freude darüber, den Ausreißer gefunden zu haben, übertüncht allen Streit.

„Moritz, was machst du nur für Sachen. Wir haben dich gesucht. Wo hast du dich denn versteckt?" Lächelnd setzt er sich auf die Bank und hebt ihn zu sich hoch. In der Hand hält er eine Packung Waluk.

„Nein! Du warst das. Aber hallo. Wie hast du das denn angestellt?"

„Da bist du ja mein Schatz." Die Mutter kommt auf sie zugestürmt und reißt Moritz an sich, drückt ihn und vergisst dabei das Schimpfen.

Leander schüttelt den Kopf. Der Waluk hat ihn vom Fenster weggeholt und hin zur Bank beim Spielplatz gebracht. Wird der Strippenzieher nun zum zweiten Mal seinem alten Leben einen kleinen Schups verpassen?

Die Mutter setzt sich neben ihn, Moritz auf dem Schoß, der die Packung nicht auslässt. „Danke", sagt sie mit fester Stimme. „Jetzt könnte ich ein Stück Schokolade gebrauchen. Haben Sie welche dabei?"

Leander grinst und holt eine mit grünem Glitzerpapier hervor. „Für Sie!"

Moritz will sie ihr wegnehmen.

„Ich bin Lisa", sagt sie und hält das Geschenk hoch, sodass der Zwerg es nicht erreicht.

„Liebe Lisa, darf ich ihm auch eine schenken?" „Aber gerne."

Weitere

Kaugummigeschichten

folgen.

Weitere Bücher und

Informationen

www.sina-land.jimdofree.com

Die Reihe PINTO

In den Büchern dreht sich alles um neue Pläne, die man braucht, wenn das Leben sich auf den Kopf stellt. Dann reicht oft kein Plan B, wenn der Plan A ausgedient hat. Meistens braucht es ungewöhnliche Wege, also einen Plan X, um einen neuen und besseren Anfang zu finden. Inzwischen sind vier Bände erschienen.

LUNAI – Ein Sternenmeer voll Mut

Lia wäre gerne wie die mutige und abenteuerlustige Giorgina. Täglich liest sie den Blog der Weltenbummlerin und erlebt mit ihr alles das, was sie sich selbst nie zutrauen würde. Ein Rabe namens Campo Cora hindert Lia daran, ihren Sehnsüchten nachzugehen. Der unangenehme Geselle kennt alle ihre negativen Glaubensmuster. Aber Lia lehnt sich dagegen auf.

Sina Land

Sina Land ist Coach für Menschen in außergewöhnlichen Lebenssituationen. Um neue Ideen in festgefahrenen Situationen geht es auch in ihren Romanen. Sie selbst kam durch eine Krankheit weg vom Tanzen und hin zum Schreiben. Erst waren es Kinderbücher, die sich kreativ mit den Gefühlen der Kleinen auseinandergesetzt haben. Inzwischen sind es Geschichten für Erwachsene. Wer beim Lesen einen gewissen Tiefgang liebt und auch gerne ein wenig über seinen eigenen Tellerrand schauen möchte, wird sich aufgehoben fühlen. Außerdem findet sich eine Spur mystischer Touch in all ihren Geschichten wieder.